Bibliografische Information der Deutschen Nationalbibliothek
Die Deutsche Nationalbibliothek verzeichnet diese Publikation in der Deutschen Nationalbibliografie; detaillierte bibliografische Daten sind im Internet über http: //dnb.d-nb.de abrufbar.

1   Auflage – 978-3-8370-2925-3

Pornostar und Spieler - *Mein Leben war die Hölle*

Es war ein sonniger Nachmittag. Ich saß in einem Cafe und wartete auf Ihn. Auf den Mann, der sein halbes Leben verspielt hat. Den Mann, der alles riskiert hat, damit sich die Walzen drehen. Er nennt sich B.J. Dick. Er hat mir seinen bürgerlichen Namen nicht verraten, weil er mit seinem alten Leben, dem Spielen und den Pornos abgeschlossen hat.

Trotz aller Zweifel und Ängste, sich vielleicht in irgendeiner Form zu *outen*, gab er mir ein Interview. Also, trafen wir uns zu einem Gespräch.

Er hoffte, das dadurch vielleicht nur ein einziger Spieler auf der Welt zur Einsicht kommt. >Dann hätte sich dieses Treffen und Dein Buch absolut gelohnt< sagte er.

Ich schildere Ihnen auf den nächsten Seiten eine Momentaufnahme aus dem unfassbaren Leben von B.J.

Ich erzähle die ungeschönte Wahrheit. Ich möchte keinen Roman schreiben.

2

Nichts beschönigen und nichts an seinen Worten verändern.

Ich möchte Ihnen einen Menschen näher bringen, der Ihnen in irgendeiner Stadt über den Weg laufen könnte.

Vielleicht haben Sie auch schon mal in einem Cafe gesessen und einen Menschen am Nebentisch beobachtet.

Was mag das für ein Mensch sein? . Ist er glücklich? . Welche Sorgen quälen Ihn? . Was denkt er gerade? . Was für ein Typ ist das? .

Ich werde ihre Fragen in einer schonungslosen Momentaufnahmen beantworten.

Denn ich habe mit einem dieser Menschen gesprochen. Einem Menschen, den Sie vielleicht beobachtet hätten.

Dieses Interview hat kein Happy End. Ich habe die Worte von B.J. nicht lesetauglich umgeschrieben. Es ist alles authentisch. Ich habe seine Worte adoptiert und in diesem Buch verewigt. Ich habe seine Gedanken nicht interpretiert oder für die Gesellschaft ins rechte Licht gerückt. Ich habe das geschrieben, was er mir in dem einstündigen Interview erzählt hat.

Ich habe Ihn reden lassen und Ihn nicht unterbrochen. Meine einzige Aufgabe lag darin, - zu zuhören.

Ich habe den Kontakt zu B.J. über eine Selbsthilfegruppe bekommen.

Wir lernten uns im Rahmen meiner Recheren zu diesem Buch, in einem kleinen Ort im Ruhrgebiet kennen. In einer Selbsthilfegruppe für Spielsüchtige. Ich habe Ihm versprochen mit Niemandem über seine wahre Identität zu sprechen. Ich werde es auch nicht tun.

Ehrlich gesagt, ich kenne sie auch gar nicht.

Nur durch mein Versprechen, war B.J. bereit mit mir zureden.

Ich kenne lediglich seinen Vornamen und ein paar wenige Dinge, die sich aus unserem Gespräch ergeben haben. Mir war es wichtig unkonventionell über das Thema Spielsucht zu schreiben. Ich will nicht belehrend eingreifen und kluge Ratschläge geben. Das maße ich mir nicht an. Ich möchte Ihnen die Gedanken und die Gefühle eines Spielsüchtigen näher bringen. Ich will nicht helfen, weil ich es nicht kann. Ich kann bestenfalls Ansatzpunkte, für eine

Möglichkeit der Hilfe in den Raum stellen. Aber ich möchte erreichen, dass Sie über die Worte von B.J. nachdenken. Dass Sie vielleicht Parallelen erkennen, zu einem Menschen in ihrem Umfeld. Einem Menschen der Spielsüchtig ist. Ich möchte, das Sie diesen Menschen besser verstehen lernen. Das Sie sich damit auseinandersetzten.

Ich habe in den vergangenen Jahren viele Erfahrungen gesammelt.

Ich habe Gespräche mit Betroffenen und Angehörigen geführt.

Und gerade darum habe ich in meinem Buch auf elegante Umschreibungen verzichtet. Das hätte nicht in Bild gepasst.

Kein Mensch ist von Natur aus Schlecht. Kein Baby dieser Welt, würde etwas schlechtes denken.

Es sind oftmals die gesellschaftlichen Zwänge, die uns zu dem machen, was wir sind.

Der Druck und die unterschiedlichen Lebensumstände, die aus einem unbefangenem Menschen etwas formen, das aus unserer Sicht nicht der Norm entspricht. Der Norm, zwischen

Richtig und Falsch zu unterscheiden. Der Norm von Freude und Spaß am Leben. Ich wünsche den Angehörigen viel Kraft und Stärke, im Kampf gegen den Feind im Kopf.

Ich wünsche Ihnen eine Basis für ein Gespräch. Den Betroffenen wünsche ich Einkehr und Mut, endlich mit dem Spielen aufhören zu können.

Das Leben ist schön! . Werft es nicht weg.

Vorwort

Ich habe mich viele Wochen mit dem Thema Spielsucht beschäftigt. Ich habe Treffen der anonymen Spieler besucht. Ich habe mit Betroffenen gesprochen und viel über Ihre Probleme erfahren. Es sind nicht nur finanzielle Probleme.

Viel schwerwiegender sind die psychischen Qualen und Leiden, die ein Spieler durchlebt. Ich möchte nichts beschönigen.

Aber Spielsucht ist eine Krankheit. So wie Alkoholismus.

Das ist für Menschen die nicht unter diesen Zwängen leiden, wahrscheinlich sehr schwer nachvollziehbar. Mein Buch kann allen

Partnern von Spielsüchtigen aufzeigen, was diese nicht aussprechen. Was Spielsüchtige sich nie eingestehen würden.

Die Erkenntnis ernsthaft Krank zu sein.

Süchtig zu sein und komplett neben der Spur zustehen. Das leben nicht im Griff zuhaben.

Wer spielt, der lügt. Er lügt nicht weil er ein schlechter Mensch ist. Er lügt, weil er sich die Sucht nicht selbst eingesteht. Weil er es nicht als Sucht empfindet. Vielleicht als eine gewisse Art von innerlicher Qual. Mehr aber auch nicht. Ein erschreckend geringer Teil aller befragten Spieler *outeten* sich mir gegenüber als „Spielsüchtig". Solange noch etwas geht und damit ist die finanzielle Situation gemeint, ist für die meisten Spieler die Welt in Ordnung. Sie merken nicht, das sich die Spirale immer enger zudreht. Das sich ihr soziales Umfeld verändert. Weil Sie nicht merken, das sie sich verändern. Das der Spaß am Leben schleichend schwindet.

Der Gewinn oder Verlust am Spielautomat, Roulette oder Black Jack Tisch, ist entscheidend für die Stimmung eines Spielers.

Bei einem Gewinn ist er euphorisch und in Hochstimmung. Bei einem Verlust zu Tode betrübt.

Und das ist in diesem Zusammenhang noch sehr human ausgedrückt.

Ehrlich gesagt: *Er kotzt sich im übertragenen Sinne die Seele aus dem Leib.*

Wenn ein Spieler das Geld für Miete oder sonstige Verpflichtungen verspielt hat, dann beginnt auch bei ihm für einen kurzen Moment die Realität. Leider gefolgt von den Gedanken und der Suche, nach der Möglichkeit, an Geld zu kommen. Er will den Verlust „wett" machen. Er kann es auch. Denkt er. Der Kreislauf beginnt.

Im Extremfall können sogar kriminelle Energien frei gesetzt werden. Wenn es bereits soweit gekommen ist, hat der Spieler das Endstadium seiner Sucht erreicht. Er lebt dann nur noch für das Spiel und kann nicht mehr zwischen Gut und Böse unterscheiden.

Anders ausgedrückt. Zwischen Realität und dem trügerischen Schein des Spielautomaten.

Es gibt eine Menge Bücher, die sich mit diesem Thema befassen.

Bücher mit vielen guten Hilfestellungen und sehr guten Therapiemöglichkeiten.

Einige dieser Bücher haben natürlich ihre Berechtigung und sind für Angehörige als Orientierung sehr wichtig.

Aber sie beschreiben leider oftmals nur in schulmedizinischer Form die Symptome und nicht das, was in einem Spieler vorgeht. Es gibt Internetforen zum Thema Spielsucht. Aber ohne psychologische Unterstützung von Angehörigen und Fachleuten, ist es nur ein belangloses Gelabter von Betroffenen, die sich in diesen Foren austauschen. Natürlich bieten die Foren eine gewissen Hilfestellung für Spieler und Angehörige. Schließlich chatten hier fast nur Betroffene. Aber eine Lösung wird man dort nicht finden. Jeder Mensch ist anders. Jeder Spieler hat einen anderen Charakter. Ich habe Spieler kennen gelernt, die haben sich in allen deutschen Spielbanken sperren lassen.

Trotzdem haben Sie gespielt. Im benachbarten Ausland.

Die haben wirklich ihre letzte Kohle und den letzten Glauben an sich verspielt. Das ist brutal.

Man kann einzelne Spieler nicht miteinander vergleichen. Sie haben zwar alle das selbe Problem, aber jeder hat seine Geschichte und seine Art damit umzugehen. Spielsucht ist auch ein individuelles Problem.

So individuell ausgeprägt, auf das jeweilige soziale Umfeld eines Spielers, muss auch der Therapieansatz sein. Familiäres Umfeld, soziale Stellung und viele andere Dinge, müssen berücksichtigt werden. Es geht um Ängste. Es geht vielleicht darum, sein Gesicht nicht zu verlieren. Die Angst entdeckt zu werden. Die Angst vor dem sozialen Abstieg.

Spielsucht ist wie ein Geschwür. Ein bösartiger Tumor, der sich unaufhaltsam und erbarmungslos durch den Körper frisst.

Ob schulmedizinische Maßnahmen oder alternative Therapieansätze. Eines ist Fakt.

Der Spieler muss den Kampf annehmen!

Jede Hilfestellung ist wichtig. Sie kann aber trotzdem nur unterstützend eingreifen. Der entscheidende Schritt aufzuhören, muss vom Spieler kommen.

Vorwürfe oder abweisendes Verhalten vom Partner, sind immer der falsche Weg. Vergessen sie nicht. Spielsucht ist eine Krankheit. Sie können einen Menschen schließlich auch nicht dafür verantwortlich machen, das er zum Beispiel Zahnschmerzen oder eine Erkältung hat.

Natürlich kann man häufiger zur Zahnvorsorgeuntersuchung gehen, aber sagen Sie das mal einem Menschen der Angst vor dem Zahnarzt hat. Ein Spieler geht ebenfalls nicht zur Suchtberatung. Er hat Angst. Er ist verblendet und fern der Realität. Weil er nicht zu seiner Sucht steht. Weil er den Schmerz immer wieder betäubt.

Im meinem Buch möchte ich versuchen, Ihnen die Leiden eines Spielers näher zubringen. Ich wünsche mir, das Sie es verstehen. Das sie nicht über den Menschen zu urteilen.

Da ist etwas in seinem Gehirn, das er nicht kontrollieren kann.

Es klingt für Menschen die dem Spiel nicht verfallen sind wahrscheinlich verrückt. Aber es ist so.

Hören Sie sofort auf zu rauchen. Hören Sie sofort auf Kaffee zu trinken.

Hören Sie sofort auf Süßigkeiten zu essen. Reflektieren Sie sich und überprüfen Sie, wie lange Sie diese Dinge entbehren können.

Es sind nur lapidare Beispiele. Ich möchte aber damit erreichen, das Sie vielleicht ein bisschen verstehen, was ein Spieler bei einem Entzug empfindet. Warum er es nicht schafft, vom Spielen loszukommen.

Seine Gedanken kreisen nur noch um die eine Sache. Wie komme ich an Geld, um zu spielen? Jeder Raucher kann nach der letzten Zigarette, ohne Probleme sagen: *Das war die letzte*. Bis das Verlangen wieder die Kontrolle übernimmt. Die Gedanken kreisen nur noch um die nächste Zigarette. Die Sucht ist wieder da. Ein Spieler empfindet tausend mal mehr Druck, um wieder spielen zu können.

Noch ein Beispiel.

Jeder der nach einer ausschweifenden Partynacht, schon einmal den Kater am nächsten Morgen erlebt hat, schwört sich: *Nie wieder Alkohol*. Bis zur nächsten Party.

Ein Spieler erlebt diesen Kater jeden Tag. Aber er geht trotzdem jeden Abend zur Party. In der Hoffnung, am nächsten Tag keinen Kater zu haben. In der Hoffnung zu gewinnen. In der Hoffnung nie wieder einen Kater zu bekommen.

In der Hoffnung endlich frei zu sein. Den Jackpot zuknacken.

Eine ziemlich trügerische Hoffnung.

Im Durchschnitt zahlen die sogenannten Geld-spielgeräte mindestens 60% der Einnahmen wieder an den Spieler aus. Aber die 60% beziehen sich auf ein sehr geniales und sehr speziell ausgeklügeltes Computerprogramm. Auf eine fest definierte Serie von Spielen.

Wenn man 100 Euro in das Gerät reinsteckt, bedeutet es nicht, das man garantiert 60 Euro wiederbekommt.

Im Verlauf einer Spielperiode werden die 60% natürlich ausgeschüttet. Nur wann diese Periode beginnt, ist ein wohl gehütetes Geheimnis der Programmierer und der Spielbanken.

Viele Spieler verdrängen die Tatsache, das es sich bei Roulette und Co um ein Glückspiel handelt.

Ich habe Spieler kennengelernt, die haben tausende Euro in Geldspielgeräte gesteckt. Als sie alles verspielt hatten und das Gerät verlassen mussten, kam ein Anderer und knackte mit einem Euro den Jackpot. Glück ist abstrakt. Man kann es nicht greifen. Man kann es nicht berechnen und nicht beeinflussen.

Wenn Sie das einem Spieler erzählen, wird er es lediglich in einem Augenblick der Realität verstehen.

Er kann es nämlich beeinflussen. Denkt er!

Ein Spieler wird die Argumente, das es nichts bringt, niemals verstehen. Er begreift nicht, das er sich selbst zerstört. Das er seine Familie zerstört. Das er sein Leben verspielt.

Ein Spieler wird durch die Hoffnung getrieben. Der trügerischen Hoffnung zu gewinnen.

Mit jedem neuen Besuch in der Spielbank, kommt die Hoffnung und der Optimismus wieder. Heute gewinne ich. Heute gewinne ich das Geld zurück, das ich gestern verloren habe.

Ein Spieler wird immer und überall die Gelegenheit nutzen, um spielen zu können. Er wird Termine und Verabredungen vorschieben, um den nötigen Freiraum für seine Sucht zu schaffen. Er wird Sie anlügen.

Wenn Sie bemerken, das er im Verlauf eines Monats weniger oder gar kein Geld zur Verfügung hat, wird er Sie anlügen.

Er wird sagen, er hätte eine außergewöhnliche Rechnung bezahlen müssen und darum habe er diesen Monat weniger Geld.

Wenn Sie nach der Rechnung fragen und diese sehen möchten, wird er Ihnen sagen, das er sie nicht mehr hat. Wenn Sie Ihn nach der Einzahlungsquittung für die Rechnung fragen und diese sehen möchten, wird er sagen, das er Sie aus Versehen weggeworfen hat.

Egal was Sie fragen. Sie werden nie etwas sehen. Keine Chance. Die Sucht und der Drang zu spielen, siegt über sein Verständnis für

Aufrichtigkeit. Er ist deshalb kein schlechter Mensch. In seinem Kopf läuft nur ein anderer Film. Leider ein schlechter Horrorfilm. Das klingt jetzt alles vielleicht ein bisschen wie Selbstmitleid. Aber es geht nicht um Mitleid. Bei aller Brisanz und Ernsthaftigkeit zu diesem Thema. Ein Spieler braucht IHRE Hilfe. Er kann es alleine nicht schaffen.

Wenn Sie wissen das ihr Partner ein Spieler ist. Wenn Sie wissen das er spielt. Wenn Sie etwas ahnen. Konfrontieren Sie Ihn mit der Situation, aber setzten Sie Ihn nicht unter Druck. Sagen Sie nicht *Ich oder das Spiel*. Er wird sich in dem Moment der Konfrontation für Sie entscheiden und versuchen das Problem herunter zuspielen. Aber diese trügerische und bedingte Einsicht wird nicht lange anhalten. Er wird es wieder tun. Immer wieder und wieder. Er wird neue Wege finden, um Ihnen etwas vorzumachen. Er wird Sie wieder anlügen.

Ich schreibe das so drastisch, damit Sie es verstehen. Es hört nicht auf. Glauben Sie Ihm nicht. Vertrauen Sie Ihm nicht. Das ist

16

irgendwie verrückt und zum verzweifeln. Ich kann Sie verstehen.

Aber Sie müssen den Strick enger ziehen. Hört sich deletantisch, hilflos und naiv an. Ist aber so. Seien Sie Behutsam und üben Sie keinen Druck aus.

Beobachten Sie ihren Partner. Achten Sie auf seine Stimmungsschwankungen. Wenden Sie sich an Selbsthilfegruppen. Hier werden Sie die Hilfe bekommen, um Ihren Partner auf den spielfreien Weg zubringen.

Er muss zur Einsicht kommen. Das ist der erste Schritt.

Ich kann Ihnen aus rechtlichen Gründen keine Anlaufstelle für Spielsucht nennen. Aber in vielen Städten gibt es Suchtberatungsstellen. Diese sind eine gute Anlaufstelle. Darüber hinaus bietet das Internet, eine gute Orientierung. Geben Sie den Begriff *Spielsucht* in eine Suchmaschine ein.

Auch Spielbanken sind Ihnen behilflich. Die meisten staatlichen Spielbanken sind der Vereinigung gegen *Spielsucht* angeschlossen. Gehen Sie bitte einen dieser Schritte.

1.Teil - Der Spieler: Das Interview mit B.J. Dick. Eine vielleicht typische Spielerkarriere.

Das Aufnahmegerät läuft:

Ich bin eigentlich ein ganz normaler Typ. Kein Ghettokind aus irgendeiner verkommenen Großstadtsiedlung. Meine Eltern haben beide gearbeitet. Gesellschaftlich guter Mittelstand. Sie waren immer für mich da und erfüllten mir fast jeden Wunsch. Sie förderten meine Interessen und gaben mir viel Spielraum um Lebenserfahrungen zu sammeln. Ich liebe meine Eltern. Aber ich komme mir beschissen vor, wenn ich daran denke, was ich Ihnen angetan habe. Mein Vater ist vor ein paar Jahren gestorben. Ich vermisse Ihn irgendwie. Ich weiß nicht, wie ich das ausdrücken soll. Ich hoffe das es Ihm da oben auf der Wolke gut geht. Ich wünsche mir das er glücklich ist.

Als sich meine Eltern scheiden ließen, war ich schon über 30´. Also, kein Problem mehr, von Wegen *Psychoknacks* und so. Muss jeder selbst entscheiden, wohin der Weg geht und wo sein Glück wohnt. Aber für den der zurückbleibt, ist es meistens ziemlich schwer, damit fertig zu werden. Ich glaube, dass mein Vater nie damit klargekommen ist, dass meine Mutter ihn für einen anderen verlassen hat. Ich glaube er war die letzten Jahre nur unglücklich und hat Sie nie vergessen. Es war ein Zerfall auf Zeit. Ich habe es bei meinen Besuchen miterlebt. Er hatte keine Interessen mehr, zuviel Alkohol, die falschen Freunde und Depressionen. Die ganze Scheiße.

Meine Mutter hat damals nach der Scheidung wieder geheiratet. Irgendeinen schwulen *Pisser,* der bei seiner Scheidung alles verloren hat. Haus und Hof hat seine Ex- Frau bekommen. Er hatte einen beschissenen Ehevertrag und wurde damals bei seiner ersten Eheschließung vom Anwalt schlecht beraten, hat er immer gesagt.

Bla, bla, bla. Scheisstyp

Als meine Mutter meinen Vater für den *Neuen* verlassen hatte, dachte Sie, sie würde einen sehr reichen Mann heiraten. *Pustekuchen.*

Wie gesagt, hat alles die Ex- Frau bekommen. Heute leben beide von der Sozi. Ich habe keinen Kontakt mehr zu meiner Mutter.

Ist auch besser so. Sie quatscht nur von der Vergangenheit und lebt in ihrem Mikrokosmos der Erinnerungen. Früher waren wir alle so glücklich und es muss wieder wie früher werden, hat Sie mir vor ein paar Jahren beim letzten Treffen erzählt. Ich habe mich immer gut mit meiner Mutter verstanden. Ehrlich. Aber irgendwann hat Sie ihr Gehirn ausgeschaltet, weil Sie mit dem finanziellen Desaster von ihrem *Neuen* nicht klar kam. Ist irgendwie auch egal.

Der Einstieg ins Spiel

Es fing ganz harmlos an. Ich ging noch zur Schule. Ich erinnere mich genau. Mein damals bester Freund Stefan und ich waren bei einem Schulfreund zur Party eingeladen und etwas früh dran. Wir wollten nicht die ersten sein. Wir kamen an einer Spielhalle vorbei. *Lass uns für 5 Mark datteln und dann gehen wir zur Party*, sagte Stefan. Wir gingen also in die Spielhalle, steckten 5 Mark in den Dattelkasten und hatten nach wenigen Umdrehungen schon mehrere

Freispiele. *Multi Stern* hieß das Gerät, das in den *80´* Jahren voll im Trend lag.

Man konnte über eine Risikotaste in einen Freispielmodus gelangen, was uns auch mehrfach *glückte*.

Wir vergaßen *Zeit* und *Raum.* Wir zockten durch die Nacht und hatten nur Glück.

Voll *geil*.

Wir spielten über acht Stunden, bis zum frühen Morgen. Die Party haben wir nie gesehen.

Aber am Ende meiner ersten verzockten Nacht, hatten wir über 300 Mark gewonnen.

Wir fühlten uns richtig gut. Das war besser als jede Party.

Das war cool und irgendwie abgefahren.

Ich fuhr nach Hause und alles war *easy*. Am nächsten Tag bin ich vor der Schule sofort wieder in die Dattelhalle gegangen. Irgendwo am Bahnhof. Diesmal habe ich zwar 50 Mark in das Gerät reinstecken müssen, aber dann sprudelte das Geld. Über 200 Mark habe ich aus dem Kasten geholt. Wieder voll *geil*. Ich habe an diesem Tag die Schule geschwänzt und bin erstmal in die Stadt gegangen, um mir etwas zukaufen.

So zusagen als Belohnung, weil ich so ein geiler Typ war.

Ein Gewinner. Ein Sieger. Ein Macher.

Als ich am nächsten Tag in die Schule kam, hatte Stefan die Hosentasche voller 5 Mark Stücke. Er hatte am Vortag auch das *große* Glück gehabt. Wir waren Sieger.

Nach der Schule ging ich natürlich wieder in eine Spielhalle. Diesmal lief es aber nicht so gut. Ich verlor alles.

Alles was ich in den vergangenen zwei Tagen gewonnen hatte. Ein paar hundert Mark. Voll *Scheiße*. Ich hatte noch nicht mal mehr das Geld für eine Fahrkarte und musste *Schwarz,* mit der Bahn nach hause fahren.

Ich war 22 Jahre als meine *Spielerkarriere* startete.

Wenn ich heute zurückblicke, eine beschissenen Karriere. Wenn ich heute darüber nachdenke was ich verspielt habe, absoluter Wahnsinn. Ich bin jetzt 41´ und habe über zwanzig Jahre gezockt. Ich weiß nicht, wie viel Kohle ich im

Verlauf dieser Jahre verloren habe. Ich will es auch nicht wissen. Ich weiß nur, das ich in meinem Leben die eine oder andere finanzielle Sorge weniger gehabt hätte, wenn ich nie einen Cent in diese einarmigen Banditen gesteckt hätte.

Ich will es auch nicht wissen. Ich will nicht zurück schauen. Die Zukunft liegt vor mir. Ich weiß nur eins. Ich will und darf nie mehr spielen. Es ist vorbei. Ich kann nicht mehr. Ich wäre fast draufgegangen, wenn ich weiter gezockt hätte.

Ich hätte alles verloren. Alles was mir wichtig ist. Ich habe gerade noch mal die Kurve gekriegt und ich wünsche jedem Spieler, das er es auch schafft. Es ist nie zu spät. Aber irgendwann ist es vorbei und dann ist es vielleicht zu spät.

Als ich am Bahnhof stand, keine Kohle, keine Fahrkarte, ging mir alles mögliche durch den Kopf. Aber leider nicht der Gedanke aufzuhören.

Ich ging damals in München zur Handelsschule und wohnte in einem kleinen Ort ungefähr vierzig Kilometer von München entfernt. Ich jobbte am Wochenende als *GoGo* Tänzer in einer Diskothek und verdiente 150 Mark die Nacht. War damals ziemlich viel Geld für ein paar Stunden Arbeit.

Meine Schulfreunde kellnerten für 5 Mark die Stunde und mussten richtig ackern um die Schule und ihre Wohnung zu finanzieren.

Da war ich schon ziemlich weit vorne und deshalb hat mich der Verlust mit dem verlorenen *Spielgeld* anfangs auch nicht komplett aus der Bahn geworfen.

Als ich am Wochenende wieder für zwei Tage den *GoGo* Job machte, war die Welt auch schon wieder in Ordnung.

300 Mark verdient und alles war gut. Dachte ich.

Von 300 Mark kann man ja mal einen *Fuffi* in der Spielhalle riskieren.

Es war Sonntag und in unserem Ort war nicht viel los. Ich ging wieder in die Spielhalle, setzte mich vor den Daddelkasten und riskierte 50 Mark. Leider ohne Erfolg.

Kann eigentlich nicht sein, dachte ich. Also, die nächsten 50 Mark riskiert. Dann die nächsten und die nächsten. Dann den letzten Hunderter. Das wars. Alles weg.

Der Kasten hätte eigentlich mal kommen müssen. Ich habe 300 Mark in das *Scheißding* reingesteckt. Nichts!

Mir ging es total schlecht. Die ganze Kohle vom Wochenende verspielt und auf meinem Konto war auch Ebbe. Ich bin dann zu meinen Eltern gegangen und habe mir Geld geliehen. Die haben sich natürlich gewundert, weil Sie wussten, das ich am Wochenende gearbeitet hatte. Aber ich habe Ihnen erzählt, das ich früher Schluss machen musste, weil ich irgendwie die Grippe hatte und darum nicht die volle Gage bekommen habe.

Ich fühlte mich den ganzen Sonntag total beschissen. Am nächsten Tag bin ich wie gewohnt zur Schule gegangen und zunächst war alles in Ordnung. Aber ich dachte an meinen Verlust. Das passiert mir nicht noch mal. Das nächste mal wird es bestimmt wieder klappen. Zu meinem *großen* Glück rief ein Kollege an und fragte mich ob ich unter der Woche für ihn arbeiten könne.

Natürlich bin ich für ihn eingesprungen. Ich brauchte dringend Geld. Außerdem wollte ich wieder spielen.

Das tat ich dann auch am nächsten Tag. Ich habe wieder alles verloren. Das ganze Geld vom Nachtjob. Zu allem Übel habe ich auch noch das geliehene Geld von meinen Eltern in den Daddelkasten gesteckt.

Ich hatte wieder keine Kohle und noch drei Tage bis zum Freitag. Ich bin dann jeden Tag mit Bus und Bahn *Schwarz* gefahren und habe mir von einem Schulfreund 20 Mark geliehen. Ich habe mein Portmonee vergessen, habe ich ihm gesagt.

Wenn du das jemanden erzählst. Das glaubt mir echt niemand. Du bist doch bescheuert, wird jeder denken. Aber meine Gedanken waren schon verseucht. Ehrlich, ich hatte die Seuche an den Händen. Und im Kopf. Mein Leben drehte sich von da an nur noch ums Spielen.

Mein Leben war das Spielen und das Spielen bestimmte mein Leben. Und meinen Tagesablauf.

Ich hatte Stimmungsschwankungen. Sie waren abhängig von Gewinn oder Verlust. Heute weiß ich, dass es nie einen Gewinn gab. Es war immer nur Verlust, betrachtet auf die vielen Jahre meiner Spielerkarriere. Natürlich gibt es noch extremere Spieler, die haben ihre Firma oder ihr Haus verspielt. Haben im Internet gezockt und was weiß ich noch alles. Aber im Grunde ist das alles eine *große* Scheisse.

Ich habe in den vergangenen zwanzig Jahren, mindestens 50.000 Euro verballert.

Ich weiß es nicht genau. Vielleicht mehr oder weniger. Scheiß egal. Mein Leben hat darunter gelitten. Ich habe gelitten. Die seelischen Qualen sind und waren viel schlimmer, als die blöde Kohle.

Ich lebte wie ein Drogenabhängiger auf *Metadon* (Metadon= Ersatzdroge)

Ich habe zwar dosiert gespielt. Das heißt: Ich bin nie kriminell geworden um mir Geld für das

Spielen zu beschaffen, aber das war auch schon das einzig Positive.

Die Jahre sind irgendwie voll an mir vorbei gegangen und ich habe seit meiner Schulzeit, seit der Geschichte mit dem vergessenen Portmonee, immer weiter gespielt.

Irgendwann führte mich mein Weg zwangläufig in die Spielbank. Also, dahin wo angeblich das *große* Geld zu gewinnen ist. Und das war dann auch der Anfang vom Ende.

Eine fatale, beschissene Mischung zwischen *Daddelkasten* und *Slotmaschine*.

Ich war dann auch irgendwann mit meiner Schule fertig. Sogar mit Abschluss. Ich fand einen ziemlich gut bezahlten Job in einer Werbeagentur.

Ein paar Hundert Mark zu gewinnen törnte mich zu dieser Zeit schon nicht mehr an. Ich wollte mehr. Ich wollte den *großen* Jackpot. Das *große* Geld. Eines Tages führte mich mein Weg in die Spielbank. Ich steckte 200 Mark in den *einarmigen Banditen* - und gewann 20.000 Mark. Das war der Hammer. Ich war wieder da. Meine Zeit war gekommen. Ich war der geborene Gewinner. Ein Sieger. Von nun an ging ich jeden Tag in die Spielbank und innerhalb von wenigen Tagen war die Kohle wieder weg. Scheiße. 20.000 Mark verzockt. Aber ich hatte einen gutbezahlten Job und was einmal klappen würde, klappt auch wieder. Dachte ich. Leider Fehlanzeige. Wenn ich mal wieder 1000 Mark gewonnen hatte, wollte ich mehr. Es reichte mir nicht.

Also steckte ich den Gewinn und letztendlich mein Gehalt in die *Slotmaschine*. Monat für Monat. Jahrelang. Wenn ich mal wieder gewonnen hatte, habe ich die Miete bezahlt. Wenn nicht. Dann eben nicht. Egal. Hauptsache es war Geld zum Spielen da. Ich war Jahrelang nicht krankenversichert. Ich hatte kein Auto, keine Freunde, kein Gefühl für das Leben.

Meine Freunde waren die *Slotmaschinen* und wenn sie besonders freundschaftlich gestimmt waren, gaben sie mir *Freegames* (Freispiele). Aber das war *Geil*. Adrenalin pur. Besser als Sex. Wann kommen die Symbole für *Freegames*. Scheiße noch mal einen Hunderter reinstecken. Scheiße wieder nichts. Bis die Kohle weg ist.

In der Spielbank sind 500 oder 1000 Euro kein Problem. Wenn du auf dem höchsten Level spielst, können 1000 Euro in wenigen Minuten weg sein. Auf der anderen Seite kannst du natürlich auch mit jeder Umdrehung der Walzen mehrere 1000 Euro gewinnen.

Aber wann? . Das steht leider in den Sternen und im Programmiererhandbuch.

Ich habe nur noch gearbeitet, um Geld für das Spielen zu verdienen. Wenn ich am Anfang des Monats mein gesamtes Gehalt verspielt hatte, war ich total *down*. Ich habe mich nur von Nudeln und Ketchup ernährt. Telefon und Strom waren abgestellt.

Hinzu kamen diverse Mietrückstände und der bescheuerte Gerichtsvollzieher kam fast täglich.

Irgendwann musste ich dann leider die *Eidesstattliche Versicherung* abgeben, im Volks mund auch Offenbarungseid genannt.

Ich hatte Angst. Angst das mein Arbeitgeber etwas erfährt. Da man bei der *EV* natürlich seinen Arbeitgeber angeben muss, wurde mein

Gehalt natürlich bis auf den pfändfreien Betrag einbehalten. Es war so peinlich, als mein Chef mich in sein Büro bat und mich mit der Pfändung etlicher Gläubiger konfrontierte. Aber er war sozial. Ich behielt meinen Job und bekam nun gerade mal 862 Euro ausbezahlt. Das war die *kümmerliche* Pfändungsgrenze, die mir zum leben blieb. Was für ein beschissenes Leben.

Mein Chef hat mich natürlich gefragt was los sei.

Ich habe ihm einfach erzählt, dass ich mich bei Aktienkäufen verspekuliert hätte und viel Geld verloren habe. Mir fiel nichts besseres ein. Er hat es mir wohl auch nicht geglaubt, aber er hat nicht weiter nachgefragt.

Am nächsten *Ersten* bin ich dann natürlich wieder in die Spielbank gegangen und habe die kompletten 862 Euro verloren. Ehrlich. Alles weg! Ich stand mit einem Bein im Grab. Wenn ich damals den Mut gehabt hätte. Ich hätte mich umgebracht.

Als ich von meinem Horrortrip (Spielbank-besuch) nach Hause kam, lagen zwei

31

entscheidende Briefe in meinem Briefkasten.
Der erste war von der Bank. Kontokündigung.
Ich hatte 30 oder 50 negative Schufaeinträge.
Der zweite Brief war von der Wohnungs-
gesellschaft. Räumungsklage!
Ich war Tod! Mausetod! Das war's.
Ich konnte einfach nicht mehr. Ich war fertig.
Ausgebrannt und ein seelisches Wrack. Ein
Stück Scheiße auf Erden. Ich hasste mich. Es
gibt keinen Ausdruck für so einen
Gemütszustand.

Aber es war ein Gefühl wie Magenkrebs im
Endstadium. Wenn das Morphium nicht mehr
wirkt und du vor Schmerzen nur noch Kotzen
musst. Ich wünsche es niemanden.

Nachdem ich die Briefe gelesen hatte, ging ich
mit meinen letzten 24,30 Euro in die nächste
Kneipe und bestellte mir erst einmal einen
doppelten Korn. In Eckkneipen kannste´ dich
für 24,30 Euro noch auf ehrliche Art besaufen.
Als ich nach 20 Korn volltrunken aus der
Kneipe nach Hause torkelte, unterwegs zweimal
an irgendwelche Autos gekotzt hatte, fiel ich
Sturz betrunken in mein Bett.

Am nächsten Morgen standen dann der Gerichtsvollzieher und ein Mitarbeiter der Wohnungsgesellschaft vor meiner Tür.

Und ich stand auf der Strasse.

Ich bin nicht mehr zur Arbeit gegangen. Mir war alles egal. Ich hatte keine Wohnung mehr, kein Geld und nichts zu essen. Ich wusste nicht was ich machen sollte. Mein Vater war Tod, zu meiner Mutter hatte ich keinen Kontakt mehr und Freunde waren mir nicht geblieben.

Ich stand auf der Straße. Aber selbst in dieser Situation dachte ich ans Spielen. Wo kriege ich Geld her. Alles andere war egal.

Da stand ich nun. Keinen Cent in der Tasche. Keine Idee, was ich machen sollte. Einfach nix. Ich bin dann erstmal zum Sozialamt.

Die haben mich auf eine Warteliste für ein Zimmer im Männerwohnheim gesetzt und übergangsweise im Obdachlosenasyl unter- gebracht. Ich schlief die erste Nacht in *muffigen* einem Schlafsaal, neben stinkenden Typen von der Strasse. In einem 10 Bettzimmer. Am nächsten Morgen um 8:00 Uhr, mussten wir das

Haus verlassen. Mit etwas Glück durfte man Abends ab 18:00 Uhr wiederkommen. Das Glück bezieht sich in diesem Zusammenhang darauf, ein freies Bett zubekommen. Wer zuerst kommt malt zuerst. Jemand gab mir den Tipp, mich am Abend rechtzeitig anzustellen. Am besten ab 16:00 Uhr, dann ist der Andrang nicht so groß. Es war Winter und die Auswahl ein warmes Plätzchen zu finden, hielt sich in Grenzen. Ich *gammelte* den ganzen Tag durch die Stadt, ging mittags zur Bahnhofsmission um wenigstens eine warme Mahlzeit zu bekommen und schnorrte mich irgendwie durch. Das war der totale Scheiß. Die schlimmste Zeit in meinem Leben. Der absolute Abgrund und ich mitten drin. Aber noch schlimmer waren meine Gedanken. Der Gedanke an meine Vergangenheit.

Ich war Schuld. Ich hatte mich selbst in diesen Horrorfilm *gebeamt*. Der totale Alptraum. Aber ich wachte nicht auf.

Nach einer weiteren Nacht im Obdachlosenasyl, bin ich am nächsten Tag wieder zum Sozialamt gegangen. Ich konnte es gar nicht glauben, als die *Alte* vom Amt mir sagte, ich könne heute noch ein Zimmer im Männerwohnheim bekommen. Sie hatte bereits alles telefonisch geregelt und fuhr mit mir in die neue Unterkunft.

Das Ambiente zwischen Obdachlosenasyl und Männerwohnheim ist fast identisch. Bis auf die Tatsache, das du im Männerwohnheim ein eigenes Zimmer hast und eine feste Wohnadresse.

Obwohl, wenn du dich mit dieser Adresse irgendwo bewirbst, weiß jeder woher du kommst. Da hast du kaum eine Chance. Aber im Gegensatz zu meinen alkoholabhängigen Nachbarn, hatte ich einen Beruf.

Einen Schulabschluss und auch noch alle Zähne im Mund. Du glaubst gar nicht, wie diese Typen da aussahen. Wenn ich Chef wäre, hätte ich nicht einmal 97% von den Männern, einen Job als Straßenfeger gegeben. Die waren alle total *durch*. Einige hatten sich komplett aufgegeben und haben nur gesoffen. In der Scheiße sitzen ist das eine, aber sich aufgeben? Dann hast du echt verloren. Dann kannst du auch von der Brücke springen. Das ist das Selbe. Ich hatte tief in mir, noch einen Funken *Selbsterhaltungstrieb*. So wollte ich jedenfalls nicht enden. Zumindest war von meinem einstigen Hausstand noch ein Anzug, ein paar Schuhe und eine Lederjacke übergeblieben. Mein Hausstand. Verpackt in einer Sporttasche, die ich die letzten Tage mit mir rumgeschleppt hatte. Immer noch besser als die Klamotten von 1960, aus der Kleiderkammer. Mit einem alten Bügeleisen, habe ich in der Waschküche des Wohnheims, meinen Anzug vorsichtig geglättet.

Hat auch einigermaßen geklappt.

In der Gemeinschaftsküche lag auch eine Zeitung vom Vortag. Die habe ich mit auf mein Zimmer genommen.

Ich habe mir die abgegriffenen Stellenangebote durchgelesen.

Die Bewerbungen habe ich anschließend auf dem Arbeitsamt geschrieben. Die *Alte* von der *Sozi* hat das vermittelt. War ganz Ok! Ich schickte an die 30 Bewerbungen an alle möglichen Medienunternehmen.

Und siehe da, dass Blatt schien sich endlich mal zu meinen Gunsten zu wenden.

Ich bekam einen Vorstellungstermin in einer Medienagentur. Anfangs verlief das Gespräch gut. Der Typ war sozial. Das ich im Männerwohnheim lebte, störte ihn nicht. Aber als ich ihm von meiner Spielsucht erzählte, war der Drops gelutscht. Ich sollte erstmal ne´ Therapie machen, schlug er mir vor. Danach würde er mir eine Chance geben. Damals dachte ich nur, *du blödes Arschloch*. Heute weiß ich, dass er Recht hatte. Ich hätte vom ersten Gehalt wieder gespielt und die ganze Scheiße wäre von vorne losgegangen. Tut mir echt leid. Ich bin froh das der Typ mich damals nicht eingestellt hat. Ich hätte den Typen bestimmt enttäuscht und er hätte es nicht verdient gehabt. Letztendlich war es Ok! Aber damit hatte ich immer noch keinen Job. Ich war ehrlich. Ich stand mit dem Rücken an der Wand. Ich hatte nichts zu verlieren und ich wollte nicht mehr lügen. Ich wollte raus aus der Scheiße. Weg vom Spielen und raus aus diesem *Pennerasyl*.

Über das Jobcenter vom Arbeitsamt - Abteilung: Tagesjob, wurde ich an ein Filmstudio vermittelt. Die suchten Helfer für den Umzug. Also, – bin ich da hingefahren.

Die Filmleute waren ganz in Ordnung und packten alle mit an. Im Gegensatz zu vielen anderen Menschen, die ich in dieser Zeit kennenlernte, behandelten sie mich nicht von *oben* herab. Die waren echt Ok! Nachdem ich den ganzen Tag Kartons geschleppt hatte, fragte ich jemanden, was hier denn für Filme gedreht werden. Pornofilme war die Antwort.

Ey cool, sagte ich etwas salopp. Der Chef von der Firma bot mir an, einfach mal vorbei zukommen, wenn ich Lust und Zeit hätte. Zeit hatte ich und wenn das Wort *Lust* von ihm auch anders gemeint war. Ich hatte auch Lust. Lust, mal wieder zu ficken! Ich konnte mich kaum noch an meine letzte Nummer erinnern. Das war alles so weit weg. Verdammt lang her, wie in dem Lied von *Bap*. (Anmerk. : BAP ist eine Kölner Rockband um den Sänger Wolfgang Niedecken. Ihre Liedtexte sind in Kölsch gehalten. Ihr bekanntester Song: *Verdamp lang her.*)

Es hat ungefähr eine Woche gedauert. Jobtechnisch klappte nichts und diese Hilfsarbeiten für ein paar Euro die Stunde waren auch nicht der *Bringer*. Ich bin darauf hin, ein paar Tage später in das Filmstudio gegangen. Ich war echt fertig. Ich hatte nichts zu verlieren. Ich war ganz unten.

Bis auf die Tatsache, dass meine Schlafstätte eine Tür hatte und kein Brückendach.

Liebe - Spaß - Freunde. Ich habe all´ das in den Spielautomaten geworfen. Mein ganzes Leben. Natürlich denke oft zurück, an das was war. Und an das was mich fast zerstört hat.

Was mir die Jahre gestohlen hat, wie ein Fluss der zum Meer fließt und den niemand aufhalten kann. Ich war schuld. Aber ich konnte es nicht beenden.

2. Teil. Der Pornostar

Die Tante am Empfang sah irgendwie aus, als sei sie gerade von der Leinwand entsprungen. Echt scharf, da hatte der liebe Gott nichts vergessen. *Ob ich zum Casting wolle*, fragte sie mich. *Ich wollte nur mal auf Einladung des Chefs vorbei schauen*, sagte ich. Und in dem Moment stand Rainer (Name geändert) vor mir. Er bot mir an am Casting teilzunehmen.

Wenn du deinen Mann stehst, dann hast du demnächst einen neuen Job", sagte er.

Mir war das voll peinlich.

Dann gingen wir in einen kleinen Nebenraum und es wurde noch peinlicher. Da standen acht Typen. Die wollten alle zum Casting.

Aber das war nicht das Schlimmste. Die waren alle Nackt und wichsten Ihre Schwänze. *Weißt du - ehrlich! - die haben sich da einen runtergeholt.*

Ich habe mich nach langem zögern auch ausgezogen. Aber nichts gemacht.

Das war mir echt zu blöd. Wird schon, dachte ich. Wenn ich dran bin, stehe ich meinen Mann.

Dann ging die Tür auf. Es war soweit. *Ok, Männer! - dann wollen wir mal*, sagte Rainer. Wir gingen durch eine Nebentür zum *Set*.

(Anmerk.: Das Filmset, kurz Set genannt, bezeichnet ein Filmmotiv, an den gerade Dreharbeiten durchgeführt werden. Ein 90-minütiger TV-Film zum Beispiel hat in der Regel ca. 20 bis 40 Filmmotive, auch kurz Motive genannt. Das Filmteam zieht während der Produktionsphase von Motiv zu Motiv. Befindet sich das gesamte Team, das heißt Schauspieler, Regie, Kameramann, Set- Aufnahmeleitung mit allen wichtigen Mitarbeitern an einem Motiv, wird nicht mehr von einem Motiv, sondern von einem Filmset gesprochen.)

Da standen wirklich tausend Leute rum und auf einem Barhocker saß eine nackte Frau. Wir bekamen von einem Assistenten *Präservative*. Aber weil der *Schwanz* bei keinem von den Typen stand, konnte es auch niemand überstülpen. Ich übrigens auch nicht.

Ich war hinter den Kulissen der Pornowelt angekommen.

Im Film sieht das immer so *geil* aus. Aber hier war nichts mit Glamourwelt und ficken bis der Arzt kommt.

Wir mussten uns alle im Kreis um Sandra (Name geändert stellen. Ich glaube, die hatte gar keinen Bock auf uns Typen. Jedenfalls machte Sie den Eindruck, als wenn Sie heute noch ihre Wäsche waschen müsste. Dann bekamen wir ein Dina 4 großes Pappschild. Auf dem stand, dass wir über 18 Jahre sind und das wir etwaige Rechte an dem Filmmaterial dem Studio abtreten. Irgend so ein „Bla, Bla". Habe mir das gar nicht durchgelesen. War voll aufgeregt. Jedenfalls mussten wir das Schild vor unsere Brust halten und wurden dann kurz abgefilmt. Wir standen wie kleine Schuljungen im Kreis. In der Mitte saß Sandra auf dem Barhocker.

Plötzlich gingen die Scheinwerfer an und eine männliche Stimme rief: *Los geht´s*!.

Sandra stand vom Barhocker auf und war wie ausgewechselt.

Sie schaute uns mit geilem Blick in die Augen und fing an ihre Brüste zu massieren.

Ab und zu fasste Sie sich auch in den Schritt und erzählte uns wie geil Sie wäre. *Zeigt mir eure geilen Schwänze*, sagte Sie und kam im selben Moment auf mich zu.

Sie griff mir zwischen die Beine und massierte mit ziemlich professionellen Bewegungen meinen Schwanz.

Dann ging Sie zum nächsten Typen und machte das selbe. Zwischendurch rief eine männliche Stimme: *Alle hübsch weiter wichsen*!

Sandra hatte wirklich eine *sahne* Figur. Einen geilen Arsch und geile Titten. Das die Kamera lief und irgendwelche Filmleute um uns rum standen, hat mich und alle anderen gar nicht mehr gestört.

Wir haben nur auf Sandra geguckt. Wie große Schuljungen, die zum ersten Mal eine nackte Frau sehen und sich dabei einen runterholen.

Bis auf einen, hatten alle einen Ständer. Sandra war eben ein Profi. Nach ungefähr zwei Minuten haben fünf Typen abgespritzt.

Die konnten dann sofort nach Hause gehen. *Stopp*! - sagte eine männliche Stimme.

Ich glaube es war Rainer. *Wir machen eine kurze Pause.*

Rainer fragte mich ob ich einen aktuellen *Aidstest* dabei hätte. Den hatte ich natürlich nicht dabei. Woher auch. Ich wollte doch eigentlich nur mal entspannt vorbeischauen.

Rainer erzähle mir, das jetzt die Fickszene an der Reihe wäre, aber ohne aktuellen *Aidstest* dürfte ich nicht mitmachen. *Aber ich hätte meine Sache soweit ganz gut gemacht* und er gab mir einen Termin für das nächste Casting in vier Wochen. *Wenn ich Lust hätte*, solle ich einfach wieder im Studio vorbeikommen. Mit aktuellem *Aidstest*.

Und dann gab er mir 100,- Euro. Einfach so. Ich glaube er mochte mich. Also, – rein menschlich. Ich tat ihm wohl leid. Er sagte: *Bist ein netter Typ*! .

Ich zog mich wieder an und ging in den Raum wo meine Klamotten lagen. Dann musste ich zurück in die andere Welt.

Die Welt des Männerwohnheims.

Am nächsten Tag bin ich sofort zum Arzt gegangen, um einen Aidstest machen zu lassen.

Die darauffolgenden Tage habe ich mit irgendwelchen *Scheiß* Jobs verbracht. Das Männerwohnheim und die Umgebung kotzen mich an. Mein Leben kotze mich an. Aber ein letztes Fünkchen positiver *Lebenswillen* sagte mir: *Ich will da raus*. Ich wusste zwar noch nicht, was ich bei der Pornofirma verdienen würde, aber es war bestimmt allemal besser, als hier im Müll zu leben und dahin zu vegetieren. Ich bin dann ein paar Wochen später wieder zum Casting gegangen. Irgendwie hatte ich sogar *Lust* auf eine Pornonummer.

Ich hatte wirklich Bock zu ficken!

Rainer begrüßte mich sehr nett. Er freute sich, dass ich noch mal wiedergekommen war. Ich mochte mich irgendwie. Hab ich ja schon gesagt. Er kannte meine Geschichte. Die hatte ich ihm damals bei dieser Umzugsaktion erzählt.

Sandra war auch wieder am Set. Das hatte fast etwas Familiäres. Ich fühlte mich wohl. Ich war sogar *geil*. Die Kamera und die Typen, die am Set rum standen, haben mich nicht mehr interessiert. Wir sollten heute einen *Gangbang* drehen.

Erläuterung des Autors:

Eine besondere Form des Gruppensex ist der Gangbang (engl.), Der sich durch eine extreme Überzahl männlicher Teilnehmer und durch abwechselnde Penetration bei einer bestimmten Frau oder bei einem bestimmten passiven Mann auszeichnet. Dagegen sind bei einem Reverse Gangbang die Frauen in der großen Mehrzahl. Der Begriff kommt aus dem Englischen von gang („Gruppe") und bang (vulgär für „koitieren"). Nachdem das Wort durch Pornographie bekannter wurde, wird es heute hauptsächlich für „Porno" Gangbangs verwendet, die vollkommen freiwillig sind, im deutschen auch Rudelbums oder Gesellschaftsspiele genannt.

Sandra legte sich auf einen Tisch und rieb sich ihre *Muschi* mit Gleitcreme ein. Wir waren zu viert. Also, - vier Typen und Sandra.

Wir standen alle um Sandra rum und dann rief jemand: *Action, los geht's*. Wir fingen an unsere Schwänze zu wichsen und als die Größe stimmte, steckten wir uns die Präservative über den Schwanz! Dann haben wir der Reihe nach unsere *Dinger* in mit Sandras *Muschi* gesteckt. Ich drücke das jetzt mal ein bisschen netter aus. Das war echt *Geil*. Jeder hat Sie gefickt! Ihr schien das zu gefallen. Und dann sagte die Stimme aus dem `Off`:

Zieht die Tüten ab und spritzt ihr in den Mund und auf die Titten.

Das taten wir natürlich auch und dann war alles vorbei. Sandra wischte sich mit ein paar *Zewa* Tüchern das Zeug weg und ich fand das alles ziemlich irgendwie ziemlich *Panne*. Also, - das hat nichts mit Liebe zu tun. Das war mir natürlich auch vorher klar.

Aber ein Porno kommt vor dem Fernseher echt besser rüber. Mir war das trotzdem egal.

Ich bekam schließlich einen Job bei Rainer und in der nächsten Produktion hatte ich meinen ersten Auftritt. Sogar mit Text.

(B.J. *lacht*. Anmerk. des Autors)

Ich weiß nicht, mit wie vielen Frauen ich geschlafen habe. Besser gesagt, wie viele ich gefickt habe. Aber es war ein Job.

Drei lange Jahre lang habe in etlichen Filmen mitgespielt. Aber es war wirklich nur ein Job. Wenn du dir vor dem Fernseher einen Porno ansiehst, dann denkst du als Mann:

Was für eine geile Alte! Aber im Film sieht das echt anders aus. Das ist total hart. Wer an dieser Stelle des Buches *geile* Storys erwartet, dem kann ich nur sagen, es ist nicht so *geil*. Mag sein das einige Darsteller ihre Fantasien in diesen Filmen ausleben, wer aber *Ottonormal* gestrickt ist, dem bringen diese Filmchen nichts. Jedenfalls nicht vor der Kamera.

Ich denke, es ist das wichtigste, dass ich heute damit klar komme.

Aus gesellschaftlicher Sicht und Ethik, ist es wahrscheinlich das Letzte. Aber für mich war es in Ordnung.

Ich habe Geld verdient, um aus diesem verkackten Männerwohnheim rauszukommen.

Das war echt wichtig für mich und meine Psyche.

Ich habe mein Leben wieder auf die Reihe bekommen. Jedenfalls insoweit, dass ich eine Wohnung habe und ein Bankkonto auf

Guthaben Basis. Ich habe eine Menge Schulden, die ich nicht abbezahlen kann. Tut mir echt leid für die Gläubiger. Ehrlich! - Aber was soll ich machen. Ich habe einen Insolvenzverwalter, der sich um alles kümmert. Mein Gehalt geht auf sein Konto und ich bekomme meinen Teil für die Miete und zum Leben. Als ich damals die erste Kohle vom Pornodreh bekommen hatte, bin ich gleich wieder in die Spielbank. Rainer hat mir letztendlich geholfen und mir geraten, mich sperren zulassen. Das war für mich die beste Entscheidung. Meine Droge war von dem Tag an nicht mehr greifbar. Ich bin international gesperrt. In allen staatlichen Spielbanken.

Ich spiele jetzt seit circa zweieinhalb Jahren nicht mehr.

Trotzdem sind für mich die Gespräche in den Selbsthilfegruppen noch immer wichtig.

B.J. gibt mir einen Brief. *Willst mal lesen wie es mir damals ging?* - fragte er mich.

Ich lese die Worte eines Menschen, der verzweifelt war.

Einleitung des Autors:

B.J. brachte mir diesen Brief zu unserem Gespräch mit. Ich habe ihn abgeschrieben und gebe ihn unzensiert und ohne Korrektur an Sie weiter. Es geht nicht um Schuld. Es geht um einen Menschen der Hilfe braucht. Der Brief ist ein Hilfeschrei. Still, leise und einsam. Irgendwo. In einer Seitenstraße der Großstadt. Jeder hat mit sich selbst zutun. Was interessiert ein Mensch, der selbst an seinem Schicksal *Schuld* ist. Wir gehen weiter. Beachten diesen Menschen nicht. Es ist uns egal. Aber es ist ein Mensch. Wir leben unter einer Sonne. Wir atmen die selbe Luft und am Ende unseres Lebens, müssen wir alle den letzten Weg alleine gehen. Eine höhere Macht bestimmt diesen Weg.

Vielleicht geht alles ganz schnell.

Vielleicht quälen wir uns im letzten Kampf um Leben.

Wie klein und unwichtig werden dann die materiellen Dinge sein, die unser kleines Leben bis dahin bestimmt haben.

Wer würde an der Schwelle zum Tod nicht teilen.

Für eine zweite Runde. Für ein paar Tage, Monate oder Jahre. Alles geben. Für den Preis noch ein paar Runden weiter leben zu dürfen. Denken Sie einfach mal darüber nach und verurteilen Sie nie einen Menschen, der Sie um einen Euro oder um etwas *essen* bittet.

Der Brief:

Ich möchte sterben. Einfach sterben. Leise von dieser Welt gehen. Aber ich weiß, dass es einen Menschen gibt, den ich nicht zurücklassen kann. Ich habe auch nicht den Mut dazu, es selbst in die Hand zunehmen. Ich habe Albträume. Ich denke an den Tod. Jede Nacht vor dem einschlafen denke ich daran, wie es wohl ist, zu sterben. Tod zu sein. Ich habe kein Geld. Ist das allein der Grund. Bin ich so abhängig von materiellen Dingen. Ja! - Ich bin abhängig! - Aus Angst! Es sind die gesellschaftlichen Zwänge. Ich habe Angst mich zu *outen*. Vor meinen Freunden. Vor meiner Familie. Ich habe Angst vor der Post.

Vor den Rechnungen, die täglich kommen. Ich habe Angst vor der Einsamkeit. Vor dem Allein sein. Aber wenn ich sterbe, dann seid nicht traurig. Ich werde auf einer Wolke sitzen und auf euch herab sehen. Ich werde darauf aufpassen, dass euch nicht Böses geschied.

B.J.Dick

Schlusswort

B.J. lebt heute in der Nähe von Dortmund und arbeitet als Kraftfahrer. Ich habe einen Menschen kennengelernt, der 20 Jahre seines Lebens „verspielt" hat.

Zur Zeit hat er seine Sucht im Griff. Er verspürt wieder Freude. Das jedenfalls hat er mir zum Abschied gesagt. Ich hoffe, das es die Wahrheit war.

Wenn du deine Geschichte, dieses Buch in deinen Händen hälst, dann wünsche ich dir vom Herzen, dass du eines Tages deine Sucht besiegen kannst. Das du frei bist.

Für immer!

Dein Freund